Sylvain Trudel

Le roi qui venait du bout du monde

Illustrations
de Suzane Langlois

la courte échelle
Les éditions de la courte échelle inc.

Les éditions de la courte échelle inc.
5243, boul. Saint-Laurent
Montréal (Québec) H2T 1S4

Conception graphique:
Derome design inc.

Révision des textes:
Lise Duquette

Dépôt légal, 1er trimestre 1997
Bibliothèque nationale du Québec

La courte échelle est inscrite au programme de subvention globale du
Conseil des Arts du Canada et bénéficie de l'appui de la SODEC.

Données de catalogage avant publication (Canada)

Trudel, Sylvain

   Le roi qui venait du bout du monde

   (Premier Roman; PR55)

   ISBN 2-89021-279-3

   I. Langlois, Suzane   II. Titre.   III. Collection.

PS8589.R719R64 1997   jC843'.54   C96-940822-6
PS9589.R719R64 1997
PZ23.T78Ro 1997

Sylvain Trudel

Sylvain Trudel est né à Montréal en 1963. Après des études en sciences pures, il plonge littéralement dans l'écriture. C'est ainsi que naîtront un recueil de nouvelles, des romans pour les adultes, des romans jeunesse et un conte. En 1987, il a gagné le prix Canada-Suisse et le prix Molson de l'Académie des lettres du Québec pour son roman *Le souffle de l'Harmattan*. En 1994, il a reçu le prix Edgar-L'Espérance pour son recueil de nouvelles *Les prophètes*.

Sylvain est un vrai amoureux de la nature! Son passe-temps favori, c'est la marche par grand soleil ou sous la pluie. Il aime voyager pour le plaisir de se dépayser et de découvrir d'autres univers, comme ce village inuit où il a vécu pendant un an.

Le roi qui venait du bout du monde est le quatrième roman qu'il publie à la courte échelle.

Suzane Langlois

Née en 1954, Suzane Langlois a étudié l'illustration et le graphisme à Hambourg, en Allemagne. Depuis, elle a illustré des pochettes de disques, des romans et des manuels scolaires pour différentes maisons d'édition du Québec, du Canada, d'Europe et même de Tokyo.

Aujourd'hui, Suzane se consacre à l'illustration et à l'animation. Le reste du temps, elle peint et elle danse. De plus, ces dernières années, elle s'est découvert une passion pour l'escrime et la voile. Elle adore voyager aux quatre coins du monde: c'est pour elle une source d'inspiration inépuisable!

Le roi qui venait du bout du monde est le neuvième livre qu'elle illustre à la courte échelle.

Du même auteur, à la courte échelle

Collection Albums

Série Il était une fois:
Le grand voyage de Marco et de son chien Pistache

Collection Premier Roman
Le monsieur qui se prenait pour l'hiver
Le garçon qui rêvait d'être un héros
Le monde de Félix

Sylvain Trudel

Le roi qui venait du bout du monde

Illustrations
de Suzane Langlois

la courte échelle

1
Un ami est un voeu

Avant d'être un garçon en chair et en os dans notre vie, Oleg a été un rêve. Je veux dire qu'il a d'abord vécu dans nos pensées. Comme les souhaits que l'on fait les soirs d'étoiles filantes.

Oui, Oleg a d'abord été cela: une image, un reflet, un esprit, un songe. Plus tard, il est devenu quelqu'un de vrai qu'on n'oubliera jamais.

Mais commençons par le commencement.

Le commencement commence un soir de février, quand nous avons entendu le nom d'Oleg pour la première fois.

Ce soir-là, nos parents semblaient nerveux. Ils avaient un air sérieux pour nous apprendre la nouvelle:

— Eh bien... a bredouillé notre père, eh bien... votre mère et moi, nous avons pris une décision importante.

— Oui, a continué notre mère. Votre père et moi, eh bien... nous avons quelque chose à

vous dire... oui...

Ma soeur et moi, on s'est regardés, parce que toutes ces hésitations nous inquiétaient vachement. J'ai eu le temps d'avoir très peur, je l'avoue.

Je craignais un déménagement dans une ville perdue, loin de mes amis. Ou pire, une séparation de mes parents, un divorce... un cataclysme de ce genre-là.

J'avais hâte que mes parents arrêtent de nous dire qu'ils avaient quelque chose à nous dire. Il me tardait qu'ils nous l'apprennent, cette nouvelle-là! Et puis, le chat est sorti du sac:

— Cet été, a enfin annoncé ma mère, nous accueillerons un petit visiteur, ici, à la maison.

— Petit comment? a demandé

Judith qui ne comprenait pas qu'on parlait d'un enfant.

— Moins petit que toi, a précisé mon père, mais un peu moins grand que ton frère.

J'ai vite fait le calcul dans ma tête et sur mes doigts:

«Judith a sept ans et moi, j'ai onze ans. Alors... alors ce petit visiteur doit avoir... neuf ans.»

Intrigué, j'ai songé à mes cousins, à des amis, à des voisins. Je ne connaissais personne qui avait neuf ans.

— Il s'appelle Oleg, nous a appris mon père.

Judith et moi, on a été très surpris. Oleg, ce n'est pas un prénom commun. D'habitude, les enfants ne se nomment jamais Oleg. Sauf dans les contes ou dans les films.

— Il viendra de très loin, a ajouté notre mère.

— Loin comment? a questionné Judith.

— Il viendra de l'autre bout du monde. D'un pays qui s'appelle l'Ukraine.

— Vous devrez prendre soin de lui, a dit mon père, car c'est un enfant malade.

— Malade comment? ai-je demandé.

— Il est malade à un point que tu ne peux imaginer. Et c'est ici qu'il se fera soigner, avec d'autres petits Ukrainiens.

Mon coeur a commencé à battre plus vite, plus fort. Je respirais mal. J'étais inquiet.

— Est-ce qu'on va le guérir, Oleg?

Mes parents ont baissé les

yeux, comme quand on ne sait pas quoi dire.

— Ne vous en faites pas, a enfin répondu mon père. La science a beaucoup de ressources. Il ne faut désespérer de rien.

Ce soir-là, dans mon lit, j'ai fait un voeu, même s'il n'y avait pas d'étoiles filantes:

«S'il vous plaît, chères étoiles, veillez bien sur Oleg. Et redonnez-lui une bonne santé.»

2
Un tintement de clochettes

Au cours des mois suivants, j'ai songé sans cesse à Oleg. Je le voyais jusque dans ma soupe à l'alphabet. Judith et moi, nous comptions les jours qui nous séparaient de sa venue.

Nous parlions de lui à l'école, dans la rue, à nos amis.

Je lui inventais des yeux, une bouche, des cheveux, une voix. Je créais dans ma tête une frimousse de petit Ukrainien.

«Il a sûrement un visage maigre et pâle. À cause de sa maladie...»

Le soir, au lieu de dormir

comme une bûche, je scrutais mon globe terrestre avec une lampe de poche.

J'examinais cette lointaine et mystérieuse Ukraine située au nord de la mer Noire. Je ne connaissais presque rien de ce pays, mais soudain je l'aimais, grâce à Oleg. Je me disais:

«Ukraine. Ukraine. Ukraine. C'est un beau nom, ça ressemble à un tintement de clochettes.»

Je fermais les yeux, dans mon lit, et je volais au-dessus de l'Ukraine. J'imaginais les lueurs

des hameaux, dans les plaines et les montagnes. Et je devinais des collines de trèfle sous la lune.

Je survolais les rivières, les champs de tournesols, les petits bois qui sentaient la menthe. Je voyais des vaches, des trains, des écoles et des églises de bois rose et jaune...

J'ai même vu des poulaillers remplis d'oeufs de Pâques.

L'Ukraine était si jolie, en rêve. Je pensais:

«Je n'aurais jamais cru qu'on pouvait y mourir si jeune.»

Puis, un jour, à la bibliothèque, j'ai fait des recherches sur l'Ukraine. J'ai lu des récits de voyages, des encyclopédies, des atlas. Et ce que j'ai découvert m'a bouleversé.

J'ai appris qu'il y a quelques

années, un accident nucléaire a eu lieu en Ukraine.

Dans un livre, on expliquait que des milliers de personnes tomberaient malades à la suite de cet accident. Et que des enfants mourraient de graves maladies du sang.

Un soir, j'ai pénétré dans la chambre de mes parents. Je voulais en avoir le coeur net. Mon père ronflait déjà, mais ma mère réfléchissait dans le noir.

— Maman... Dis-moi la vérité, je ne suis plus un bébé.

Ma mère a tourné vers moi ses petits yeux fatigués et m'a caressé les cheveux:

— Qu'y a-t-il, mon grand? Que veux-tu savoir?

— Oleg est-il malade à cause de l'accident atomique?

Ma mère m'a fait signe que oui. J'étais tout chaviré. Elle m'a embrassé:

— Ne t'inquiète pas, mon chéri. Nous le guérirons, Oleg.

J'ai regagné sagement mon lit froid, mais je n'ai pas dormi. Je ne faisais que songer à la maladie d'Oleg.

Alors j'ai allumé ma lampe de poche pour examiner mon globe terrestre.

J'essayais d'imaginer comment on se sent quand on meurt:

«C'est peut-être comme s'enfoncer dans la mer.»

Je me demandais si les eaux de la mer Noire étaient noires. S'il y avait des poissons à deux têtes dans les rivières ukrainiennes. S'il y avait des oiseaux sans ailes dans les nids.

Perdu dans mes pensées, j'ai fini par m'endormir vers minuit. Et j'ai oublié d'éteindre ma lampe de poche.

Le matin venu, mon globe terrestre avait roulé sous le lit, parmi les mousses. Il était tout cabossé.

Et la lampe de poche n'éclairait plus; les piles étaient mortes. Je me suis demandé:

«Le soleil brillera-t-il encore longtemps pour Oleg?»

3
Le grand petit jour

Un matin de juillet, au petit jour, ce fut le grand jour:

— Judith, Mathieu, levez-vous! Il faut aller chercher Oleg.

On a bondi hors des lits comme des grenouilles parce qu'on était anxieux. On a grignoté des croûtes et on est partis.

Un peu plus tard, on était à l'aéroport. D'autres familles d'accueil, arrivées avant nous, piaffaient d'impatience. Et il y avait des interprètes, des infirmières et même des agents qui dirigeaient la foule:

— S'il vous plaît! Ne vous bousculez pas!

Moi, je tenais Judith par la main pour ne pas la perdre parmi toutes ces jambes. Nous suivions nos parents comme des queues de veau.

Tout à coup, les portes automatiques se sont ouvertes:

— Les voilà! ont crié les gens. Ce sont eux! Ils arrivent!

Une dizaine d'enfants sont apparus. La foule s'est ruée vers eux. Effrayés par ces brusqueries, les enfants s'accrochaient les uns aux autres. Ils regardaient partout et nulle part à la fois. Ils semblaient perdus.

— C'est lequel, Oleg? m'a demandé ma soeur.

— Je ne sais pas... Ils sont tous maigres et pâles.

Tout le monde parlait en même temps; c'était étourdissant. Une femme s'est alors avancée vers nous en tenant un garçon par l'épaule:

— Je vous présente Oleg.

J'ai failli tomber sans connaissance. C'était lui, Oleg! Le vrai de vrai, en chair et en os!

Après avoir tant rêvé de lui, je le voyais enfin. Mais il ne ressemblait pas à celui que j'avais imaginé. Il était plus petit, plus blond, plus triste.

Il avait les yeux cernés et le

visage tout creusé.

Pour la première fois, je me trouvais face à quelqu'un qui allait peut-être mourir. Je me tenais bouche bée, les bras ballants, et je dévisageais Oleg stupidement.

Ma mère lui a dit bonjour en ukrainien. Et mon père lui a tapoté la joue. Puis, ils l'ont embrassé.

— Bonjour, Oleg, l'a salué Judith. Je t'ai apporté une friandise.

Elle lui a offert une sucette en forme d'ourson. Oleg restait muet comme une carpe et fixait du regard ses souliers. Ensuite, ce fut à mon tour de lui serrer la main:

— Je... je... mmm... mmm... je... mmm...

Je voulais lui dire que je m'ap-
pelais Mathieu. Mais les mots
ne voulaient pas sortir de ma
gorge. J'avais les jambes en gui-
mauve et des papillons dans l'es-
tomac.

Peu après, nous montions en voiture. Une interprète et une infirmière nous suivraient jusque chez nous.

Je revois encore Oleg, assis à l'arrière, recroquevillé contre la portière, se cachant le visage. Judith lui parlait de la pluie et du beau temps, mais Oleg s'enfonçait dans la banquette.

— Maman! Oleg est tout ratatiné dans son coin.

— Chut! Tais-toi un peu. Tu vois bien qu'il est fatigué.

Pauvre Oleg. Il devait se demander ce qu'on ferait de lui.

En arrivant chez nous, j'ai remarqué que les voisins nous épiaient. On voyait des yeux aux fenêtres, des bouts de tête, des doigts qui écartaient les rideaux. J'imaginais leurs cris:

— Venez! Ils arrivent! Il est là, le petit Ukrainien!

Une fois dans la maison, Oleg s'est assis et n'a plus bougé. Il ne voulait rien boire, rien manger. Il avait l'air assommé.

Heureusement, l'infirmière et l'interprète ont un peu discuté avec lui. Je n'ai rien compris: c'était comme du chinois.

L'infirmière lui a alors touché le front:

— Pauvre petit... Il est tout fiévreux.

Puis elle est allée le mettre au lit, dans ma chambre. On lui a prêté un de mes pyjamas, celui avec des zèbres dessus.

Sur ces entrefaites, les petits voisins ont cogné à la porte:

— Bonjour, madame Bélanger. On vient voir Oleg.

— Oh! pas aujourd'hui! Il est couché. Revenez demain.

Pour tout bagage, Oleg n'avait qu'un sac contenant des chaussettes, un chandail et un coupe-vent rapiécés.

Il y avait aussi un message écrit sur un bout de papier. Il était pour nous, et l'interprète nous l'a lu:

— *Merci, bonnes gens, de prendre soin de mon petit gar-çon. Mettez-lui son blouson, il a toujours froid. Il aime le yo-gourt et les raisins secs, si vous en avez un peu.*

Merci.

C'était signé:

Sa maman qui l'attend.

4
Les fraises sauvages

Oleg s'est réveillé très tôt, le lendemain de son arrivée.

Quand on s'est levés à notre tour, on a trouvé notre ami à la cuisine. Il mangeait des céréales pour les chats!

— Oleg!

Il a sursauté et s'est étouffé. Il a régurgité du lait par le nez. Judith lui a donné des tapes dans le dos. Mes parents ont alors surgi sur une patte:

— Qu'est-ce qu'il y a? Que se passe-t-il?

— C'est Oleg, ai-je répondu. Il s'est trompé de boîte. Il mange la nourriture du chat!

On a ri! Mais Oleg a été insulté. Il a couru s'enfermer dans ma chambre en toussant et en rouspétant. Il allait mieux!

— Tenez, a dit ma mère. Portez-lui ce bol de yogourt.

Quand on est entrés dans la chambre, Oleg s'est enfoui la tête sous l'oreiller. Et il grognait comme une petite bête fâchée.

— Oleg... Oleg... a chuchoté Judith de sa voix la plus douce.

On a vu un petit oeil apparaître entre les plis de l'oreiller. Puis Oleg s'est redressé lentement. Après nous avoir examinés, il a pris le bol et a mangé le yogourt à petites cuillerées.

On s'est assis dans le lit avec lui, et je lui ai présenté notre chat, Celsius. Celsius, on l'a

trouvé dans le tube à air chaud
de la sécheuse, un hiver. Il s'y
était glissé pour se réchauffer.

J'ai déposé le chat sur les
cuisses d'Oleg, qui l'a flatté.

Celsius ronronnait, Oleg savourait son yogourt aux raisins secs, et il faisait soleil, dehors. Tout allait bien.

Après le petit déjeuner, on a fait visiter la maison à Oleg. Il était fasciné par tous nos appareils incroyables. Judith a pointé du doigt le tube de la sécheuse:

— Tu vois, c'est là-dedans qu'on a trouvé Celsius. Miaou! Miaou! L'hiver... Brrr! Brrr! Pendant une tempête... Wouuu!

Puis, on a profité du tas de linge sale pour faire la lessive. Debout sur la pointe des orteils, admiratif, Oleg regardait tournoyer les vêtements dans la machine à laver.

Plus tard, on lui a fait découvrir un grand plaisir de la vie: se vautrer dans le linge tout chaud sorti de la sécheuse!

Plus tard encore, à la cuisine, Oleg a étudié le lave-vaisselle et l'ouvre-boîte électrique.

— Papa, ai-je dit, fais-lui ouvrir des conserves!

Mon père lui a fait ouvrir des boîtes de petits pois. Oleg poussait des oh! et des ah! Il était vraiment épaté.

Pendant ce temps, ma mère nous préparait un gâteau. Elle a donné les batteurs à Oleg. Il s'est barbouillé la figure de glaçage au chocolat!

L'après-midi, on a joué dehors. On a montré à Oleg la tondeuse et nos vélos. Tout à coup, Judith s'est écriée:

— Hé! Ici! Venez voir! J'ai trouvé des fraises!

C'était vrai! Il y avait tout un

tapis de petites fraises dans le gazon! On les a mangées en riant. Oleg avait les yeux brillants, les doigts tachés de rouge, les lèvres vermeilles...

Ces fraises sauvages devaient goûter bon l'Ukraine.

— Frai-se, articulait Judith. Il faut dire: frai-se.

— Fra-ï-zzzza, répétait Oleg. Fra-ï-zzzza.

Plus tard, les enfants du voisinage sont venus voir Oleg. Impressionnée comme pas une,

Chantal a murmuré:

— Incroyable... Il a deux yeux... un nez... une bouche...

— Beh! À quoi t'attendais-tu? a demandé Martin. Ce n'est pas un Martien, c'est un Russe.

— Oleg n'est pas russe, ai-je précisé. Il est ukrainien.

— Ukrainien ou russe, est intervenu Pierre-Luc, mon père dit que c'est la même chose...

— Mais non! a protesté Antoine. Ce n'est pas la même chose! La Russie, c'est la Russie. Et l'Ukraine, c'est l'Ukraine!

Pendant que les garçons argumentaient, les filles emmenaient Oleg jouer aux élastiques.

— Non! a crié Martin. Oleg! Ne va surtout pas jouer aux élastiques! C'est un jeu de filles!

— Toi, Martin, occupe-toi de

tes oignons, lui a lancé Véronique. Oleg n'est pas bête comme vous, les gars! S'il a envie de jouer aux élastiques avec nous, c'est son affaire!

Judith et moi, on était médusés. Les filles tiraient Oleg par le bras droit et les garçons le tiraient par le bras gauche.

Pauvre Oleg! Chacun voulait l'avoir pour soi.

5
Où sont passées
les collines de trèfle?

Naturellement, Oleg est vite devenu la coqueluche du quartier. Les voisins le couvraient de cadeaux. Il a reçu des friandises, un gant de baseball, des bandes dessinées, alouette!

Moi, j'étais content pour Oleg. Je me disais:

«Il faut l'entourer d'objets, parce que les objets, c'est le monde réel qu'on peut toucher...»

Je cherchais un moyen d'attacher Oleg à notre monde. Pour ne pas qu'il s'envole vers un autre monde. Ma mère devait penser comme moi, car un matin, elle nous a appelés:

— Oleg, Judith, Mathieu, venez! On va au magasin.

On est allés acheter des souliers de basket-ball pour Oleg. Et des chandails fluo, des shorts à la mode, des lunettes de soleil.

— Il lui faut aussi une casquette! ai-je crié.

Il en a choisi une mauve. Il avait l'air d'une vedette.

Quand on est revenus à la maison, Oleg était assoiffé. Il a disparu un instant. Soudain, Judith a hurlé:

— Maman! Au secours! Oleg est chez les voisins!

Oleg buvait l'eau de leur piscine!

— Oleg! Non! Ne fais pas ça! Cette eau n'est pas bonne!

Il nous regardait, les yeux ronds, l'air de n'y rien comprendre. La voisine est alors sortie dehors en riant:

— Il semble l'adorer, mon eau! Allez! Enfilez vos maillots et venez vous baigner!

On a barboté dans l'eau comme des canards. Des petits voisins, attirés par nos rires et nos cris, se sont joints à nous.

Quand mon père est rentré du

bureau, il nous a fait des hamburgers et des frites. Et on a bu du coca-cola. C'était génial!

Mais tout cela était trop beau pour être vrai...

Tout à coup, pendant le repas, Oleg est devenu pâle comme la lune. Son visage et ses lèvres ont perdu leurs couleurs, comme s'ils avaient déteint au chlore.

Affaibli et tremblant, il ne bougeait plus. Il semblait mou comme de la guenille et il avait le regard triste.

— Maman! Oleg est malade! Oleg est malade!

Ma mère a renversé son verre en se précipitant aux pieds d'Oleg. Elle lui a examiné les yeux, lui a tâté les joues et le front... Ensuite, elle l'a emmailloté dans une serviette de bain.

— Ce n'est rien. Un petit coup de fatigue, c'est tout.

Ma mère voulait nous rassurer, mais on savait bien que c'était grave. Oleg était bouillant de fièvre.

Mon père l'a transporté dans mon lit.

— Allez, les enfants, la fête est finie.

Chacun est rentré chez soi sans parler. On aurait dit la fin du monde, la fin de notre rue si gaie d'habitude…

Ce soir-là, j'ai entendu Oleg pleurer. Ça m'a arraché le coeur.

Puis, j'ai repensé à l'univers et j'ai changé d'idée:

«Non, ce ne sont pas les objets qui font un chez-soi.»

Si c'était vrai, si les objets suffisaient à faire un chez-soi, Oleg aurait été chez lui, ici.

Car ici, il y a des objets partout. Ma chambre en est pleine. Le sous-sol en est jonché. Nos maisons craquent sous le poids des choses.

Je suis sûr que nous sommes les champions du monde des

possesseurs d'objets et des acheteurs de bidules. Pourtant, Oleg ne se sentait pas chez lui, ici.

Son vrai chez-lui, c'était l'Ukraine. Une Ukraine sans objets, car sa famille était pauvre, mais une Ukraine vibrante de souvenirs.

Oleg devait songer à son père, qui ramonait des cheminées. À sa mère, qui aimait tricoter. À ses soeurs et à ses frères qui s'amusaient, sans lui, dans les prés.

Oleg devait se demander s'il reverrait jamais les collines de trèfle de son enfance.

Dans les ténèbres, il cherchait sûrement sa famille et ses amis. Et peut-être les lueurs des hameaux, les rivières et les champs de tournesols. Les trains et les vaches, les petits bois parfumés, les écoles et les églises...

Oleg pleurait, et moi, je me sentais de trop dans sa nuit:

«Je ne pourrai jamais lui rendre sa vie perdue.»

6
Croire aux miracles

Le matin, Judith se levait avant tout le monde pour aller réveiller Oleg. Ensemble, ils mangeaient du yogourt aux raisins secs et s'amusaient avec le chat.

Souvent, Judith lisait des bandes dessinées à Oleg:

— Au secours, capitaine! Voilà les requins! Au secours! Tiens

bon, moussaillon, j'arrive! Oh!
Ah! Plouf! Bing! Bang!

Oleg riait, parfois, quand il
n'allait pas trop mal.

Un matin, hélas, ce ne fut pas
drôle du tout. Judith a surgi dans
la chambre:

— Mathieu! Viens vite! Oleg
ne va pas bien.

Je me suis précipité dans le
salon. Découragé, il était assis
sur le divan. Il m'a fait voir ses
dents toutes roses:

— Judith, va réveiller maman.
Oleg saigne des gencives.

Pauvre Oleg. Il était temps
qu'il aille à l'hôpital.

Deux jours plus tard, les trai-
tements médicaux ont enfin dé-
buté. Des gens sont venus chercher Oleg en voiture.

Je le revois encore partir pour

l'hôpital, une petite valise à la main. On aurait dit qu'il s'en allait pour toujours.

— À bientôt, Oleg, lançaient tous les voisins rassemblés dans la rue. Bonne chance! Reviens-nous vite!

La main d'Oleg nous saluait à travers la lunette arrière. Et on a vu sa tête blonde disparaître au coin de la rue. Judith pleurait dans les bras de ma mère.

— Ne pleure pas, ma chouette. Oleg guérira, tu verras.

Oleg est resté quelques semaines à l'hôpital, avec ses camarades ukrainiens. On leur a fait prendre des médicaments très forts qui s'attaquent à la maladie.

Mais ces produits ont un vilain défaut: les enfants, paraît-il, deviennent très faibles et se sentent très malades.

Chaque jour, une infirmière téléphonait à la maison pour nous donner des nouvelles d'Oleg. Judith et moi, nous trépignions d'inquiétude autour de notre mère:

— Qu'est-ce qu'elle a dit, l'infirmière? Comment va Oleg?

— Il va bien, nous répondait notre mère, il va bien...

Le soir, revenu dans mon lit où Oleg avait dormi et pleuré, je songeais à mes petites maladies.

Mes oreillons, mes rhumes, ma varicelle, mes amygdalites...

«Elles n'étaient pas si graves, au fond, mes maladies...»

Le seul accident que j'aie jamais eu fut de me casser le pouce à bicyclette. Une blessure de rien qui m'avait valu une montagne de cadeaux.

Oleg, lui, aurait sûrement préféré se casser cent fois le pouce plutôt que d'être aussi malade.

Je me suis alors souvenu du matin où j'avais fait semblant d'être fiévreux afin de manquer la classe. J'avais collé le thermomètre contre une ampoule pour en faire monter le mercure.

Ainsi, j'avais lâchement évité un examen de mathématiques. Comme je me détestais!

Je me suis promis de ne plus jamais jouer à être malade. Par respect pour les vrais malades. Par respect pour Oleg qui souffrait à l'hôpital.

Ce soir-là, j'ai entendu des bribes de conversation entre ma mère et mon père:

— As-tu eu des nouvelles? a chuchoté mon père.

— Oui... a soupiré ma mère.

Il faudrait un miracle.

J'ai cru mourir en entendant ces mots, et je me répétais:

«Un miracle... Pauvre Oleg... Il faudrait un miracle.»

J'étais tellement catastrophé que j'ai eu l'idée d'aller tirer Judith du sommeil. Mais je me suis ravisé:

«Non, je ne l'effrayerai pas.»

Elle rêvait peut-être à une Ukraine toute en fleurs. Et je devais la laisser rêver à de belles choses.

J'ai décidé de garder pour moi ce grand secret. Et j'ai pensé:

«Je dois aider Oleg à croire aux miracles.»

7
Nous serons
des souvenirs

Un soir d'août, miracle! Oleg est enfin revenu à la maison!

Judith et moi, on était fous de joie! On a décoré la cuisine avec des ballons et des serpentins pour l'accueillir.

Ma mère avait eu une bonne

idée pour lui faire plaisir:

— Nous lui préparerons du poulet à la Kiev!

À dix-sept heures pile, l'auto de mon père est apparue.

— Les voilà! Oleg arrive!

On s'est lancés dehors et on a vu Oleg sortir de l'auto. Le pauvre, il n'avait plus de cheveux sous sa casquette mauve... Mais il souriait bravement malgré l'épreuve.

— Oleg! Oleg!

Nous lui avons sauté au cou.

— Hé! Pas si fort! a grondé mon père.

On avait oublié d'être délicats. On était si heureux! Notre ami était de retour, épuisé certes, mais vivant! J'ai pensé:

«La moitié du miracle a été réalisée.»

L'autre moitié s'accomplirait peut-être dans les mois à venir. Il était encore trop tôt pour savoir si Oleg était guéri. Il fallait garder l'espoir de jours meilleurs.

— Il se reposera ici pendant quelques jours encore, nous avait prévenus notre mère. Ensuite, il repartira dans son pays.

Judith et moi, on a passé la semaine à le soigner aux petits oignons. On lui faisait manger sa soupe. On coupait sa viande en morceaux. On lui apportait son yogourt et ses raisins sur un beau plateau.

On lui préparait des bols de chocolat chaud. Et on lui lisait ses bandes dessinées préférées.

Un soir, Judith m'a glissé à l'oreille:

— Mathieu... serais-tu jaloux si... si tu n'étais plus mon seul frère?

— Que veux-tu dire? Je ne comprends pas.

— Si Oleg devenait mon deuxième frère, serais-tu jaloux?

— Non... Je serais heureux, moi aussi, d'avoir Oleg comme petit frère. Mais... il n'a pas besoin d'une autre famille.

— Veux-tu dire qu'il n'a pas besoin de nous?

— Il a besoin de nous, mais comme amis seulement... Une famille, il en a une, là-bas. Il a des frères, des soeurs, une mère, un père... Il a son pays et tous ses souvenirs.

Judith s'est mise à pleurer:

— Je ne veux pas qu'on soit des souvenirs. Je veux qu'on soit

des vraies personnes vivantes...
pour toute la vie...

Aïe! Judith pleurait devant
moi et je ne savais pas comment
agir. J'en avais la gorge nouée.
J'ai rassemblé mon courage et
j'ai caressé sa joue mouillée:

— Ne pleure pas. Oleg re-
viendra nous voir, un jour. Ou
alors, c'est nous qui irons là-
bas... Mais nous le reverrons...

— Tu m'emmèneras chez
lui? C'est vrai? Ce n'est pas un
mensonge?

— Je t'emmènerai en Ukraine, un jour. Je te le promets.

Sans doute un peu rassurée,
Judith s'est blottie à mes côtés
et s'est endormie. Et moi, les
yeux ouverts dans la nuit, j'ai
souhaité n'être jamais un men-
teur.

Le lendemain, mes parents ont organisé une épluchette de blé d'Inde pour dire adieu à Oleg. Ils avaient invité nos voisins, nos petits amis et même nos grands-parents!

En vérité, notre visage riait, mais notre coeur saignait. Car nous savions qu'à la tombée de la nuit, Oleg serait déjà loin. Il serait au-dessus de l'Atlantique, dans son avion du bout du monde.

Malgré la tristesse, on a fait deux tas d'épis. Un pour les femmes et un pour les hommes. Mon père a donné le signal:

— Un... deux... trois... allez-y!

On s'est mis à éplucher les épis de maïs à toute vitesse! Chacun voulait mettre la main sur l'épi aux grains rouges!

Moi, j'ai triché: j'avais caché l'épi rouge sous mon chandail. Pendant le jeu, je l'ai donné à Oleg, qui l'a épluché.

— C'est lui! ai-je hurlé. C'est Oleg qui a l'épi rouge!

Il y a eu de grandes exclamations! Et mon père a coiffé Oleg d'une couronne.

— Vive le roi de l'épluchette! Vive le roi Oleg!

Je voyais le visage heureux de ma soeur, de mes parents, des autres. Je regardais le sourire d'Oleg et ses yeux brillants.

«Ce sont les yeux d'un garçon qui croit aux miracles.»

Tout à coup, je me suis mis à rêver. J'ai vu les champs de blé de l'Ukraine. J'ai vu des tournesols, des trains, des fraises sauvages, des écoles et des églises de bois.

Et j'ai vu les lueurs d'un hameau, dans les collines.

Puis, à travers le voile des songes, j'ai vu un petit garçon blond. C'était Oleg, au loin, qui courait sous la lune, parmi les trèfles...

Table des matières

Achevé d'imprimer
sur les presses de Litho Acme inc.